いつかのあなたへ

著・いろどり

いつかのあなたへ。

わたしは難しい言葉は綴れないけれど
忘れたくないこの気持ちを
きみに伝えたいこの想いを
とても簡単なやさしい言葉で残すから
もしよかったら　いつの日か
好きなように読んで
都合良くとらえて
気ままに思い出して
そうしてきみの心が
じんわりとあたたかくなるような
ふんわりとかるくなるような
そんなお手伝いができたら
とてもとてもうれしく思う

幸せはそこには落ちてないんだ
いつだって心の中にあるんだよ

道端に咲く花を見て素通りする時もあれば、
綺麗だと足を止める時もあるように。
なんでも自分の心しだい。

親になるまで。

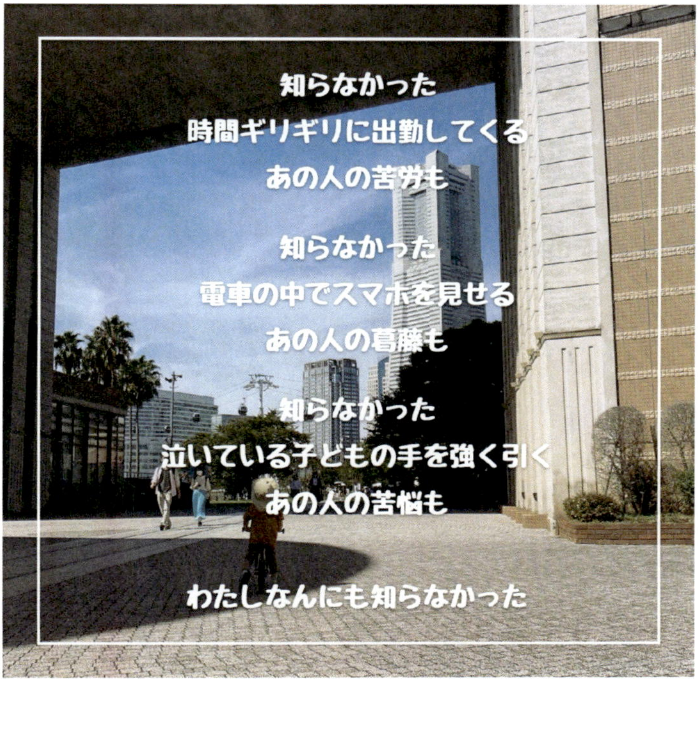

知らなかった
時間ギリギリに出勤してくる
あの人の苦労も

知らなかった
電車の中でスマホを見せる
あの人の葛藤も

知らなかった
泣いている子どもの手を強く引く
あの人の苦悩も

わたしなんにも知らなかった

ずるいなぁ。

ほんとにきみは
びっくりするくらい理不尽で
笑っちゃうくらい不合理だ
振り回されてばかりの日々に
嫌気がさすこともあるけれど
きみのその無邪気な笑顔は
すべてを帳消しにしちゃうんだ

とくいふとくい？
むきふむき？
やってみなくちゃわからない

やりたい時に何にでも挑戦しよう。
できるうちにたくさん冒険しよう。

いつの日か自分を誇れるように。

正しいとか間違ってるとか
今はわからないけれど
この手を離すその時が来たら
精いっぱい愛したと
胸を張って言える自分でありたい

きみの見る世界が
優しいものでありますように

できるだけ、できるだけ。

ねがい。

誰かの言葉に感銘を受けて
明日こそ優しくいようと
眠るきみに誓うけれど
朝になればまた眉間に深い皺

最近は落ち込むこともなくなって
何度同じことを繰り返すのかと
呆れた笑いさえ出てくる始末

でもそれでいいのかも知れない
自分でもコントロール不能な波に飲み込まれ
それでも優しくいたいと
安心できる場所でありたいと
何度も何度もそう願いながら
この先もわたしはきみと過ごしていくんだ

さぁお出かけをしよう
今しかないあたたかさを
見つけに行こう

たくさん見つけられるよ。きみとなら。

どこまで
いけるかな

とおく、とおく、どこまでも。

諦めないきみの姿が
きっと誰かの力になるから

きみがいるから、わたしは強くなれるんだ。

うそつき。

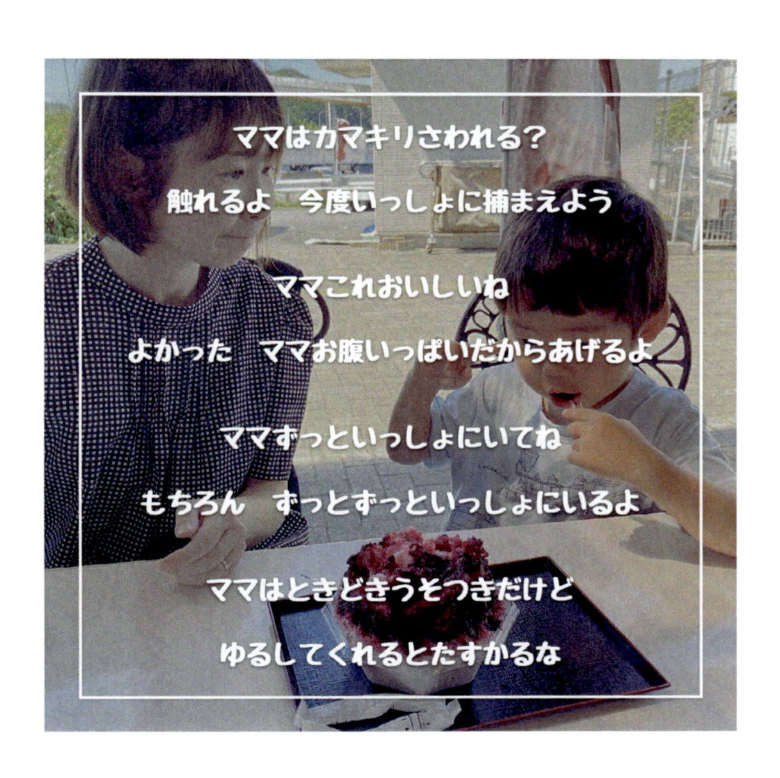
ママはカマキリさわれる？
触れるよ　今度いっしょに捕まえよう
ママこれおいしいね
よかった　ママお腹いっぱいだからあげるよ
ママずっといっしょにいてね
もちろん　ずっとずっといっしょにいるよ
ママはときどきうそつきだけど
ゆるしてくれるとたすかるな

不思議だね
いつの間にか
きみの好きが
わたしの好きに
なっているんだ

きみの「好き」をたくさん教えて。
いっしょにわくわくしたいんだ。

目指すものがあるなら進んでみて
でこぼこ道も
きみならきっと楽しめる

でもね、無理はしなくていいからね。

自分のため、誰かのため。

正解なんてないから
完璧に見える人も
輝いて見える人も
みんな　みんな
悩みながら自分なりの答えを探してる
大切な誰かを守るために
見えないところで
ときどき背伸びなんかしながら
一生懸命
頑張ってるんだ

宝物。

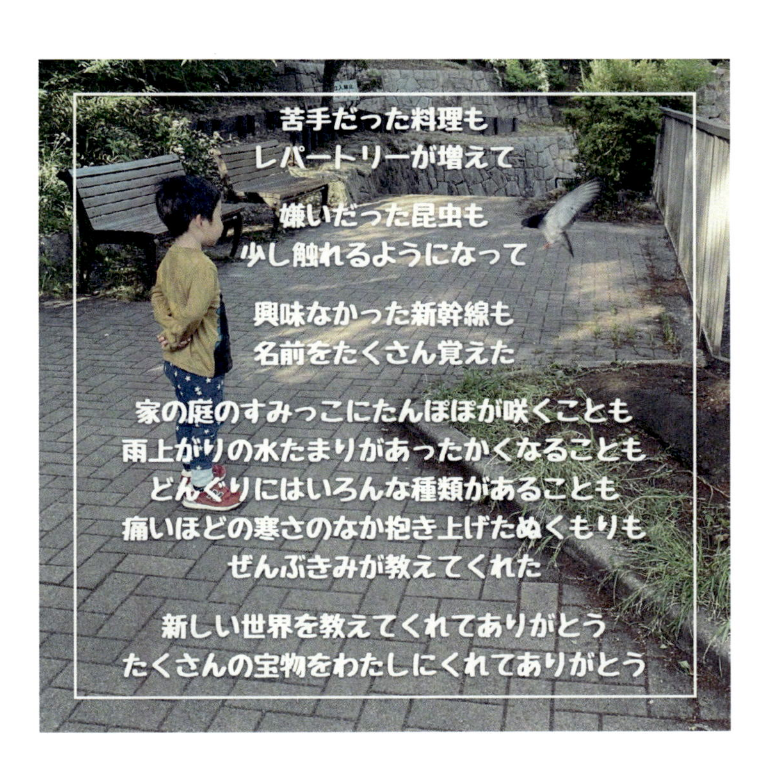
苦手だった料理も
レパートリーが増えて
嫌いだった昆虫も
少し触れるようになって
興味なかった新幹線も
名前をたくさん覚えた
家の庭のすみっこにたんぽぽが咲くことも
雨上がりの水たまりがあったかくなることも
どんぐりにはいろんな種類があることも
痛いほどの寒さのなか抱き上げたぬくもりも
ぜんぶきみが教えてくれた
新しい世界を教えてくれてありがとう
たくさんの宝物をわたしにくれてありがとう

いつか離れてしまう
その日まで

どんなことがあっても、この手を握って、歩いていこう。

行き止まりでも
遠回りでも
無駄な道はひとつもないよ

きっとなにか拾えるよ。

あぁ きみがいてくれてよかった。

どうしようもなくなって
何も持たずに家を飛び出した夜
ひんやりとした空気が心地よく
あぁなんて自由なんだろうと
見上げた空の雲間から
顔を覗かせる月
「どこにも行けないよ」
と笑われた気がした
「わかっているよ」
とわたしも笑い
来た道を引き返す　家族の待つ家へと急ぐ
玄関を開けると　きみが泣きながらお出迎え
あぁなんて不自由なんだろう
でも
なんて幸せ者なんだろう

すぐに届くようになるよ
それはそれで少し寂しいけれど

うれしいのに寂しくて。
でも、やっぱりうれしくて。

まるで、それらしく。

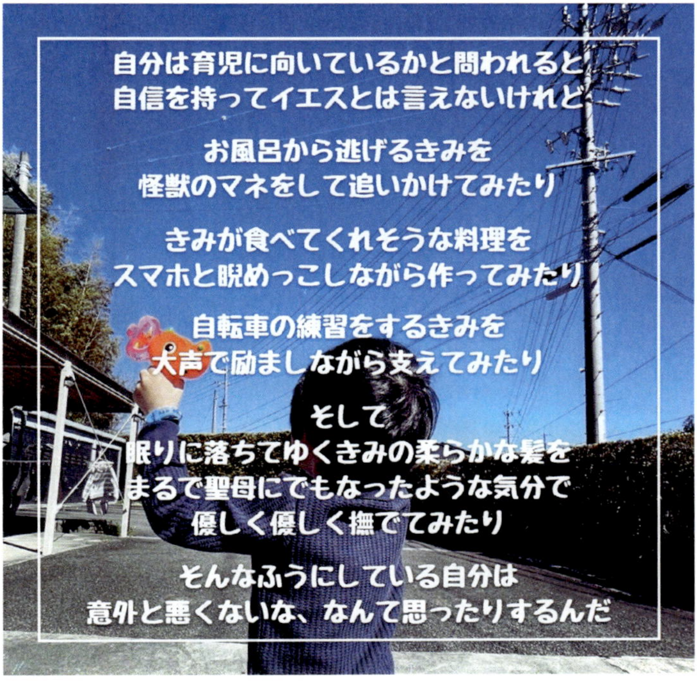

自分は育児に向いているかと問われると
自信を持ってイエスとは言えないけれど

お風呂から逃げるきみを
怪獣のマネをして追いかけてみたり

きみが食べてくれそうな料理を
スマホと睨めっこしながら作ってみたり

自転車の練習をするきみを
大声で励ましながら支えてみたり

そして
眠りに落ちてゆくきみの柔らかな髪を
まるで聖母にでもなったような気分で
優しく優しく撫でてみたり

そんなふうにしている自分は
意外と悪くないな、なんて思ったりするんだ

疲れたら
ちょっと座ってひとやすみ
また歩き出すための
ひとやすみ

ゆっくりいこう。大丈夫、先はまだ長いから。

やまない雨はないし、明けない夜もないよ。

あのね
楽しいことばかりの人生じゃないから
声を枯らして泣き叫ぶ時も
ひっそりと消えたくなる夜もあるだろう
できればすべてを代わりに引き受けたいけれど
それはどうしても不可能だから
だから　いっしょに
雨上がりの虹を探そう
夜明けの眩しさに目を細めよう
どんな時も
「世の中捨てたもんじゃない」と
きみが思えるような
そんな強さを持てるように

きみの願い事が
やさしい風にのって
たかくとおく
届きますように

どうか、いつまでも、われないように。

小さくてもいい
ゆっくりでもいい
震えながら踏み出した
その一歩が
きみの世界を変えていく

少しずつ、でも確実に、何かがうごきはじめるよ。

ちがう冬。

今年もまた冬が近づいてきたね
去年買ったセーターがもう小さくなった
幾度となく季節が巡っても
同じ時は二度とやってこない
きみと過ごしていると
そんな当たり前なことを
あらためて思い知らされるんだ

小さな幸せが
降りつづきますように

小さくていい。
小さくていいから、いつまでも。

この世界の
いろいろなものに
ときめいて

世界は、たくさんのきらめきであふれているよ。

愛しい日々。

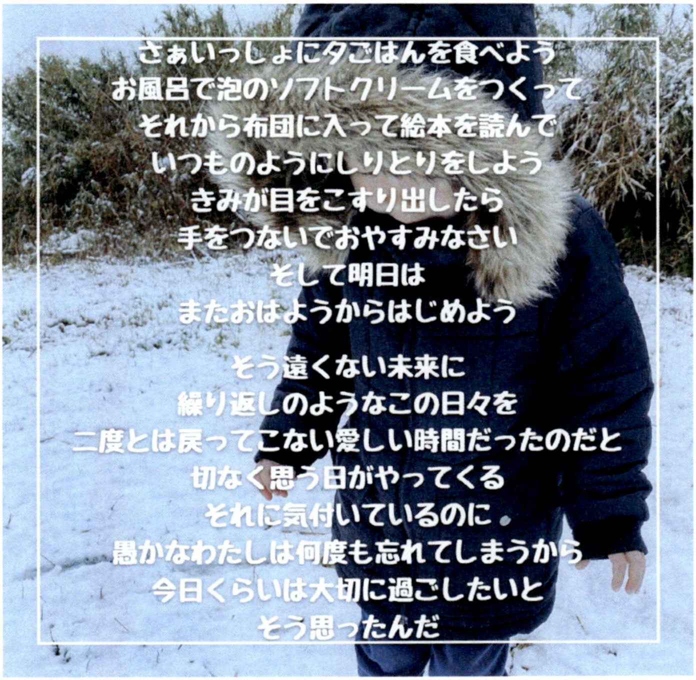

さぁいっしょに夕ごはんを食べよう
お風呂で泡のソフトクリームをつくって
それから布団に入って絵本を読んで
いつものようにしりとりをしよう
きみが目をこすり出したら
手をつないでおやすみなさい
そして明日は
またおはようからはじめよう

そう遠くない未来に
繰り返しのようなこの日々を
二度とは戻ってこない愛しい時間だったのだと
切なく思う日がやってくる
それに気付いているのに
愚かなわたしは何度も忘れてしまうから
今日くらいは大切に過ごしたいと
そう思ったんだ

行き先を選ぶのはきみのお仕事
どこでも行けるよ
ゆっくりゆっくり考えて

わたしのお仕事は、きみを全力で支えること。

助けての言葉を
どうかためらわないでね

きみが「助けて」って言ったら、
「助けを求めてくれてありがとう」って抱きしめるよ。

あの日、あの時、どんな想いを込めましたか。

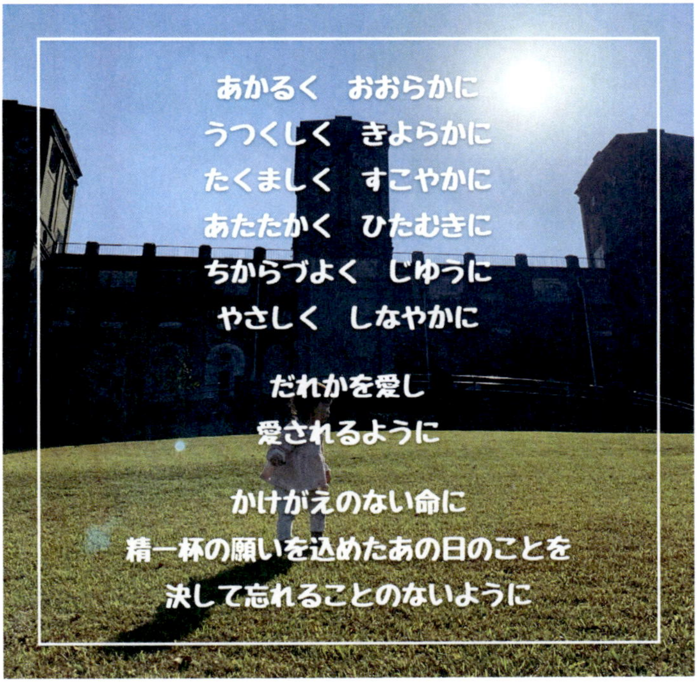

あかるく　おおらかに
うつくしく　きよらかに
たくましく　すこやかに
あたたかく　ひたむきに
ちからづよく　じゆうに
やさしく　しなやかに

だれかを愛し
愛されるように

かけがえのない命に
精一杯の願いを込めたあの日のことを
決して忘れることのないように

たかく　たかく
もっとずっと　たかく

わたしでは手の届かないところまで。

思い浮かぶのは。

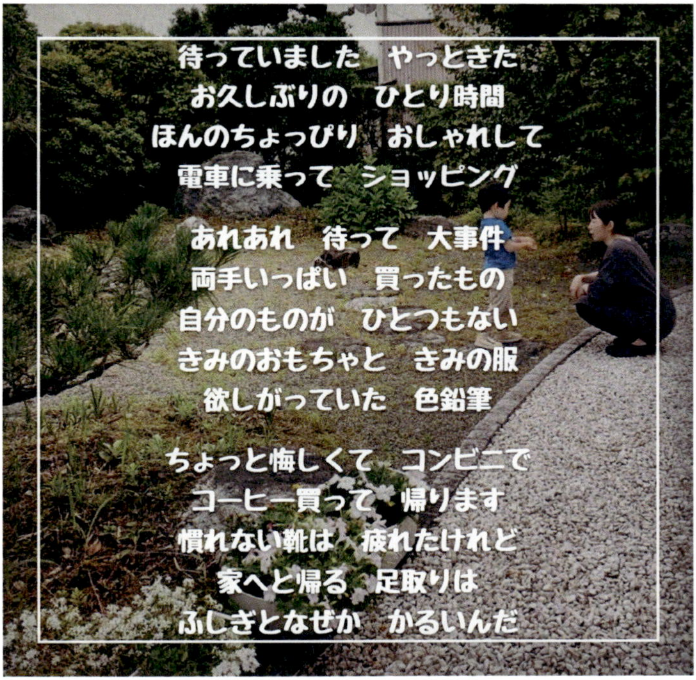

待っていました　やっときた
お久しぶりの　ひとり時間
ほんのちょっぴり　おしゃれして
電車に乗って　ショッピング

あれあれ　待って　大事件
両手いっぱい　買ったもの
自分のものが　ひとつもない
きみのおもちゃと　きみの服
欲しがっていた　色鉛筆

ちょっと悔しくて　コンビニで
コーヒー買って　帰ります
慣れない靴は　疲れたけれど
家へと帰る　足取りは
ふしぎとなぜか　かるいんだ

ころんで
泣いて
立ち上がって
すべてが
きみの
肥やしになるよ

たとえ今は痛くても、いつかきっと力になるよ。

怖がっていいんだ
それはきみが想像力豊かな証拠

そのうえで少しでも進めたのなら、それは最強。

頼られること頼ること
どちらもきみを強くする

支えあうことで生まれる力があるよ。

きっと、わたしがそうだったように。

きみもいつか
わたしのことを
ひとりの人間なのだと
理解する日がくるだろう
そして
わたしのことを
嫌いになったり
煩わしく感じたり
哀れに思ったりするだろう
そして
そんなふうにしながら
大人になったきみが
いつの日か
ほんの少しの
ありがとうを抱いてくれたとしたら
これ以上幸せなことはないだろう

ちょっと高くなるだけで
違う世界が見えるんだ
おもしろいでしょ

今の環境がすべてじゃない。
知らない世界がいっぱいあるよ。

忘れたくない言葉は、ありますか。

まぁいっかいっかぁ
まぁだいじょぶかぁ

最近のきみの口ぐせだね

この言葉を聞くと
なんだか笑えて
なんだか泣けて
救われた気持ちになるんだよ

魔法みたいなこの言葉
きみが言わなくなる日がきても
わたしはずっと忘れない

ねぇねぇ
思い切って顔をあげてごらん
意外と出口は目の前かもよ

入り口があったんだから、出口も必ずあるよ。

父、母へ。

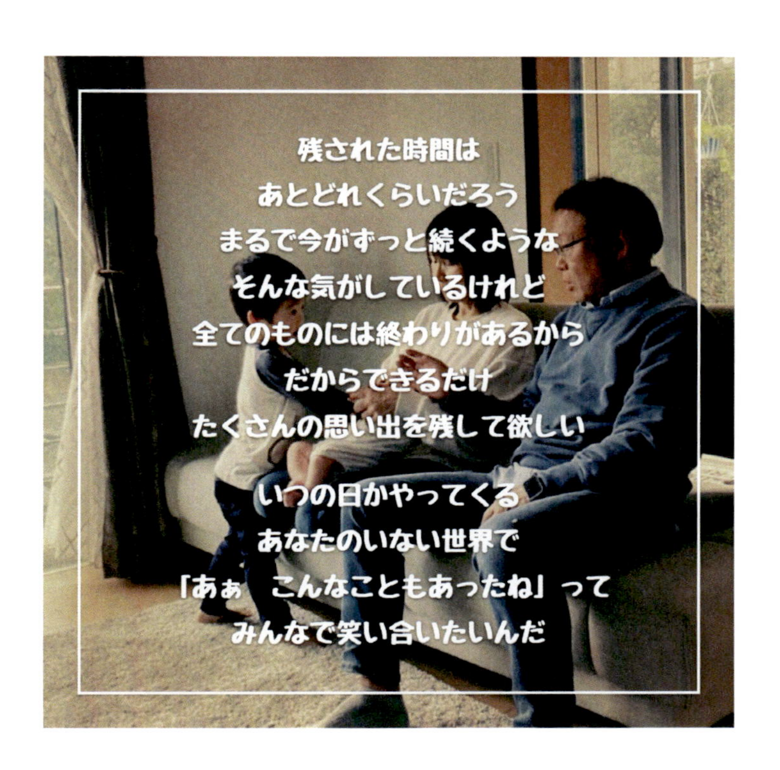
残された時間は
あとどれくらいだろう
まるで今がずっと続くような
そんな気がしているけれど
全てのものには終わりがあるから
だからできるだけ
たくさんの思い出を残して欲しい
いつの日かやってくる
あなたのいない世界で
「あぁ　こんなこともあったね」って
みんなで笑い合いたいんだ

いつまでもきみを想う。

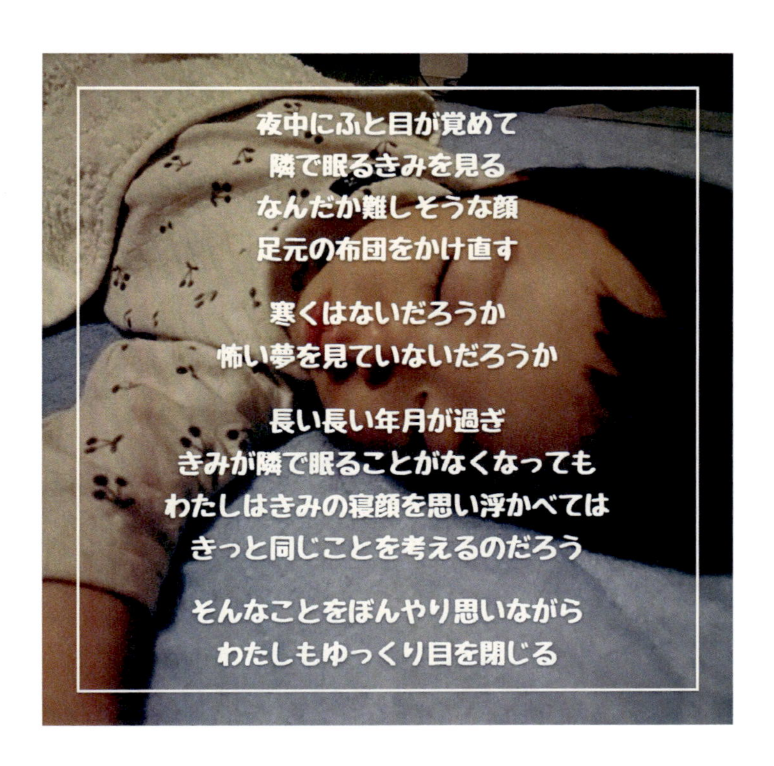
夜中にふと目が覚めて
隣で眠るきみを見る
なんだか難しそうな顔
足元の布団をかけ直す
寒くはないだろうか
怖い夢を見ていないだろうか
長い長い年月が過ぎ
きみが隣で眠ることがなくなっても
わたしはきみの寝顔を思い浮かべては
きっと同じことを考えるのだろう
そんなことをぼんやり思いながら
わたしもゆっくり目を閉じる

はじめての喜びを
できるだけたくさん
覚えておいてね

きみのキラキラした笑顔を、わたしも覚えておくからね。

きみらしく
笑って泣いて
生きぬいて

ただ　これだけ。

いろどり
1989年生まれ。静岡県掛川市出身。
2008年に地元を離れ横浜国立大学へ進学。教育人間科学部にて日本語教育を専攻。
大学卒業後、神奈川県庁へ入庁し県立学校事務などを経験。
2024年3月に県庁を退職。現在はワインのインポーター企業にて事務職として従事している。

2019年に長男、2022年に長女を出産。
子どもと過ごす中で、日々悩んだり喜んだり、思うことはたくさんあるものの、バタバタとした日常の中に忘れ去られてしまう。
どうにかして子育て中の今のこの気持ちを残しておけないかと思い、写真詩を創作し2023年9月からインスタグラムにて投稿を開始。
自身の感情の記録とともに、同じような想いを抱えている方々に何か届くものがあれば、と投稿を続けている。

自分のために、誰かのために、今日の想いを忘れないように。

いつかのあなたへ

2024年10月18日　第1刷発行

著　者――― いろどり
発　行――― つむぎ書房
〒103-0023　東京都中央区日本橋本町2-3-15
https://tsumugi-shobo.com/
電話／03-6281-9874
発　売――― 星雲社（共同出版社・流通責任出版社）
〒112-0005　東京都文京区水道1-3-30
電話／03-3868-3275

ISBN 978-4-434-34561-6